望 仙 桥 处

● Starting from WangXianQiao ●

张育广　著

暨南大学出版社
JINAN UNIVERSITY PRESS

中国·广州

图书在版编目（CIP）数据

望仙桥处/张育广著.—广州：暨南大学出版社，2018.1
ISBN 978 - 7 - 5668 - 2271 - 0

Ⅰ.①望…　Ⅱ.①张…　Ⅲ.①诗集—中国—当代
Ⅳ.①I227

中国版本图书馆 CIP 数据核字（2017）第 294009 号

望仙桥处
WANGXIANQIAO CHU
著　者：张育广

出 版 人：徐义雄
策　　划：黄圣英
责任编辑：郑晓玲　黄　球
责任校对：刘雨婷
责任印制：汤慧君　周一丹

出版发行：暨南大学出版社（510630）
电　　话：总编室（8620）85221601
　　　　　营销部（8620）85225284　85228291　85228292（邮购）
传　　真：（8620）85221583（办公室）　85223774（营销部）
网　　址：http://www.jnupress.com
排　　版：广州市天河星辰文化发展部照排中心
印　　刷：佛山市浩文彩色印刷有限公司
开　　本：890mm×1240mm　1/32
印　　张：5.875
字　　数：115 千
版　　次：2018 年 1 月第 1 版
印　　次：2018 年 1 月第 1 次
定　　价：35.00 元

从练江走来 (代序)

1997.4.11

走了这么久　我终于抵达
从练江到珠江
长途跋涉
穿越多少穷山恶水
一路印满鲜艳斑驳的梦魇
二十载　所有练江的牵系
悬挂在木棉树梢
一直无法殷红
满树风雨敲响秋夜
片片落叶掠起愁绪
一如我款款浪漫的诗歌

蓦地　始悟出岁月的深秋
我是一枚未熟的青果
情感的宣泄淅沥了青春的天空
七彩缤纷的彩虹啊——
在弹指间宛若华梦

人生就是一首激扬的诗歌

二十个年轮　仅仅是题目
短短只不过寸步之遥
我要漂泊
我的爱情和诗歌属于远方

模拟水稻生长的姿势
我用生命的汁液注满笔端
探索人生的深度
还有爱情与诗的苦涩

我要饮尽珠江水——
吸吮清纯的血液　奔涌的脉搏
走出雾都　走过春夏和秋冬
我要成为自由的鸟
沿着珠江的源头走过岁月的沧桑
看到了——悠悠的珠江水
啊——多少青涩的往事已逝去
我的诗歌在远方启程了

感恩的心告别我生命的驿站——珠江
我徒步抵达梦中的河姆渡
　　——长江与黄河
望不尽的长江水啊——你东流去
刷不尽尘封千古万代的悲与壮
正如我无法触及的伊甸园
斩不断的长江水啊——你东流去

淘尽了华夏多少李白　杜甫
睿智的尘魂　何时回归

沿着黄河的起源——我看到了
孔雀东南飞——只只相交映
梁山伯与祝英台——双双化蝶飞

纵然　我的生命在远方终止
我的情感在远方耗尽
而无法静谧地躺进黄河的怀抱付诸大海
那我的诗作为黄河的献礼
灵魂幻成河水　循着黄河归进大海
……

我的诗歌和爱情将随着岁月而沉积
然而奔涌的心依然漂泊着
黄河——东海——南海　最终
回到练江口重新投生　海鸥悲叹着
练江口又卵出腼腆的太阳

目录 Contents

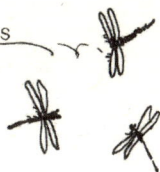

卷三·古街风景

卷四·将此刻绣起

卷一·凤凰花

昨夜　翠绿又逢殷红

远方的你能否听到

这边花开的声音

怀念东山

1996. 8. 6

凤凰枝头　红染
木棉树梢　飘雪
望仙桥底　涓流
剑碑亭园　落英
一山的往返　远逝而古典

我没有带走什么
正如没有带来什么
凭一颗热情奔放饥渴的心
谱一段柔情似水的东山情

我没有留下什么
只有我的足迹
望仙桥涓涓溪流　是我的眷恋
剑碑亭玉兰飘忽　是我的结果

我不想回忆什么
只今夜凝视着
木棉树下　别致的飘雪

凤凰枝头　殷红的花开

我告别了东山
东山仍旧生机　但
一山的往返　远逝而古典
一树的风雨　停靠着云与月

凤凰梦

1996.6.20

昨夜　翠绿又逢殷红
远方的你能否听到
这边花开的声音

让所有风雨装饰树梢
让一切怀念诠释相逢

不愿殷红的凤凰　再度飘落
便用思念的泪水　淋育红装

让梦中朦胧的记忆
重现你的芳容

我感应到了
遥远的你琴声凄楚
如殷红飘零的悲伤
在我暗蓝的梦里轻捻

征　程

1994.5.12

落日依依
余晖幻化成　满天的彩霞
清月出岭　圆盘渐现
静穆的苍穹和弥漫着
生命的月光下
织构了无奈的幻梦

轻轻地
我对你说——
要赴远方去流浪
你双眸凝视着我
默默地——
默默地——
留下幽思的诗句
为追求人生的真谛
我可以忍受风雨艰难
以寻求完美的答案
我情愿背负一切猜疑
米候那一份久违的缘分

我能够忍受孤寂和清冷
而固守我的心

但　征程
我却平添你苦涩的泪水和无限的思念

将你的心意收起
载着你点点的
默默的祝福　奔赴远方
塞满稚嫩的浪心
带着你青春的欢颜
装扮我的征程

静静的夜　清清的月
凉凉的风　默默的你
吟下幽幽的诗句
背影悠长

静谧的温柔的夜
醇如酒　淡如茶的月
隐约可见我远处的背影

远　航

1994.12.2

（一）

黄昏秋日西坠

余晖泊在湖边

荡起涟漪

阴霾惆怅

占领空白的心

（二）

影逝长

晚风飘然

幽静的心湖

水花溅起

潸然泪下

挥洒在黄昏

（三）

清月出岭

苍茫的是你

独行的伴读

撷把萧瑟的秋风
眼底盛满狼藉的黄叶
去远航

（四）
稀疏浮游的黑云
在天空中
徘徊辗转
风尘飘洒
摧毁黑暗的掩饰
迎接踌躇满志的你
远航

信　念

1994.8.23

秋季
黄叶缤纷而雁飞回的日子
听着陌生大海的召唤　展翅
你宁随君　远航漂泊
我的伤悲默认我的祝福

装饰修长的船身
笼罩白色的风帆
秋风轻拂
温柔中带着恬静
奔放中带着深远

江水依旧
鸥鸟依旧
你神往秋的潇洒
探求秋的希冀
航向远方

你的信念

是雪白的桅杆
令你抵达理想的彼岸

你的胆智
是黑暗中的明灯
使你抵达静谧的港湾

年轻的你
不老的信念
航向绿洲吧

回　首

1994. 12. 16

回首
违心花落　狼藉足迹
殷红斑斑　往昔唏嘘
记忆满载伤痕
轻弹花语　坠落行行

心悸
扑朔又迷离　寂寞憔悴
谱成花落旋律
风中散退

回首
莫愁前程漫漫　崎岖
花落酝酿　再一次
浪迹海角　漂泊天涯

痴心回首
剪碎彷徨　澄清残尘
在花落枝枯时
重塑风采　默然启程

七　月

1996.7.20

湖旁杨柳上的蝉在啼吗
声声入夜
驿外稻田里的蛙在鸣吗
呱呱入耳

沉甸甸的水稻已熟
从人们嘴里　我知道
七月的傍晚　在田埂上
我拾起遗落的稻穗

七月　天上蔚蓝一片
　　　　地上金浪滔滔
七月　欢声笑语
从田野的这边到那边

荡进我的耳鼓　咚——咚——
十二分像钟　警钟
在人生的七月回响——

我　模拟水稻成熟的整个过程
在人生的驿站求索
寻觅田埂的往昔

我　模拟人们收割水稻的姿态
摸索今后的道路
在人生的道路　追寻

我要摧毁七月黑色的预言
以水稻的金黄　省悟七月的硕果
我要摧毁七月黑色的预言
要　一定要——

守候柔情

1996.6.1

心依旧在深夜守候

我依旧踏着脚下的步伐

铿锵有声也好

沉默无声也罢

因我曾用汗水　甚至热泪

努力地走过

走过孤寂

走过徘徊

走过失落

对自己有个交代

我亲吻一方水土

怀念最初的想法

重温岁月厚厚的沉积

吸收或抛弃

任我思维所定格

展示一方水土和柔情

吟　别

2000. 6. 28

夏日的黄昏
我们不再等待铃声
眼睛里却弥漫着淡淡的雾
在夕辉的照耀下
渐渐闪耀成一片生机的海洋

在工字形的天桥上
我们曾经固执地描绘理想
在一字形的校道上
岁月磨损成那些熟稔的痕迹

尽管有几多创伤
但决不抚着伤口哭泣
尽管梦破碎过
但决不舍弃属于自己的梦
尽管有许多忘却的记忆
但我们恍然醒悟——

往事是一柄剑
谁也无法释然在心头烙下的痕迹
往事是一坛陈年的酒
经年之后更浓香

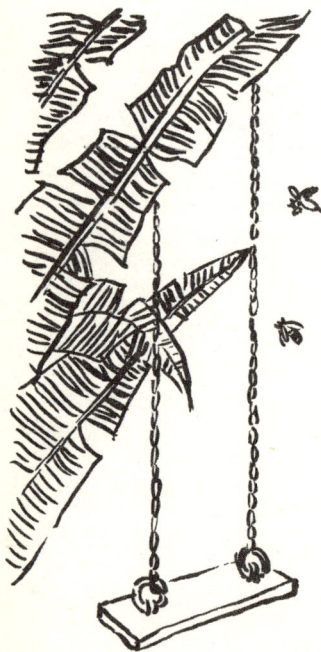

拓

1998. 4. 15

随着青春步入梦想
灿烂的阳光
刺痛往昔岁月的细菌

心已找到风的去向
大漠以炽热伪装冷酷
炙烤所有憧憬的流浪

流浪在神往的黄沙上
从沉默走向开朗
绿洲——在地平线生长

独坐驼峰
踏沙如歌
凭信念从青葱走向成熟

青春起航

1996.6.27

白云飘荡　阳光炽热
凤凰花　硕红压满枝
鲜红　怒放　凌霄
恰似豪迈青春醉梦

散场序幕　轻握你手
与簇簇凤凰花相映红
定格飞扬的青春年华

明天你我将起航
如凤凰展翅腾飞
那年灿若艳阳的凤凰花
于心中常开不败
是青春的赞歌
是人生的号角

梦断望仙桥

1996.7.2

三年来一直用心编织着
你我的相遇　相识　相聚
三年来默默以你为动力
牵制九百零三夜的冲动

我也忍受没有你的夜晚
伤心　孤寂　无助　绝望
也期盼你能走进我的夜晚
即便只一次也令我生气勃勃

这样　风尘仆仆心影惬惬
寄望于脉脉的电光火石
这样　雨声荡漾于心湖
周围涟漪就是款款诗

心湖的旖旎无奈　今日的梦
消绝在望仙桥东旁
伤心的风景辗转成
黄昏落下的哭泣

交会在望仙桥

1996.6.5

昨天　还是飘浮不定的彩云
今晨　汇成涓涓小流
润净了桥下旱溪
清澈如你的眸子

此刻　彩云依旧飘浮不定
你我选择了在这
双眸交会　如涓涓溪流
润泽渴望远方的心田

木棉梦

1996.6.20

其实　所有殷红　最终
都化作雪白飘扬
我的梦更为飘扬
捕捉曾拥立木棉下
倾听细语的心醉感觉

让既有雪白飘扬　飘扬　再飘扬
仿佛在你的温暖的胸怀
消融　消融　再消融

我的梦能否等待
在明夏殷红之后
重逢这片雪白　再飘扬
　　　　　　　再消融

都市的木棉

1998. 4. 1

你就站在繁华的都市
张扬着一份生命的巍峨
饱尝喧哗与风雨

在春天到来的一刻
点燃　如火的生机
在成熟的季节
绽开　梦里的雪花

所有的雪花满载希望
在春天的湖里徜徉
在钢筋水泥世界里
飘向远方

卷二・茶

到那有茶的地方

寻找醇正的声音

千言万语

一杯浓茶

秋　语

1996.8.10

在岑寂中
小屋无言
唯注视着窗外那棵静默的老槐
苍然的虬枝上
正飘扬着线尺齐飞的情景

在夜的淳厚中
微凉的风吹皱淡淡的月光
异地的风
吹乱我守护枯夜的思绪
在心的悸动与思念中
读着往昔清朗的你

月的光辉　铺满地
飘有异地的风
散落于枕边
与我渐进梦乡的呓语对话

茶

1996.11.22

冰冷的秋天
渐渐地沦为一种感情
如一款落叶消散街头时

沏一壶茶
饮尽已有的冰冷秋风
拒绝深夜的来临

守候着一块平原
回味工夫茶那种——
更醇更真的味道

到那有茶的地方
寻找醇正的声音

千言万语
一杯浓茶

乡 愁

1996.9.26

秋月柔情似水
徜徉在珠江
月光如纱轻飘珠江
明净的天空
一缕隐约的情怀
占据我的心灵

月圆了
梦也圆了
依偎着珠江重忆昨宵的美丽
片片思念涌来
遥看月影
寄托远方的亲情

掬把珠江水
畅饮而尽
醉醒之后一抹淡淡的乡愁
依旧入心

思　念
1994.5.16

思念你的春天
微雨缥缈
我的瞳眸
是一只潮润而温情脉脉的帆船

思念你的夏天
轻风摇曳
你的容颜
可是那风中参天古朴的榕树

思念你的秋天
黄叶离枝
我的心
是一只声声盼归的鸿雁

思念你的冬天
雪花缤纷
你的倩影
可是那风雪正浓绽放的梅花

我无法
逃避生命赋予的艰难和沉重
拒绝人生艰涩难懂的底蕴
抑制独居异乡的可悲和沉闷
忘却执掌心灵的雨伞
漫步于十七岁的花季
烟雨凄迷的季节

你往昔的柔情　清秀
变得苍白　朦胧
因你在海角天涯
我只能聆听往昔缥缈的情感
延续漂泊的流亡
挥洒亲切的问候

静谧的夜　皎洁的月
默默地促膝着
放任思念的我

中秋遐思

1994.9.20

月色如水
流泻着银光的夜晚
我独自赏月
思乡如月
飘逸着清新的香茶
我独自品味

（一）
中秋的月
淡淡撒把星芒
漫步于田野
稻苗葱葱　灿烂生长
苍茫的月色
抚摸　谛听岁月的变迁

（二）
中秋的月
我依偎着
叙述深处的焦渴

拨动心弦
思故惴惴不安
占据淡忘的回忆

（三）
月光稠密
星光依稀
偶尔
蟋蟀闲暇欢唱
思故的心语
随风而拂

（四）
轻纱般的田野
远处孤零的灯光
牵动思故的视线
朦胧的山顶
蒸发着灼热的体温
暖了倚窗遥思的我

（五）
斟酌醇酒
举杯向月
思故的主题蔓延全身
浓烈的酒香满溢空间
仰首对月

祷告最真的心愿——
几时能回故里

（六）
亲吻岁月
默读故乡的足迹
丝丝如醇酒
融进漂泊的心
解化深深的祝福
载在赞美的风中

月色依旧如水
银光依旧流泻
我依旧赏月
思乡依旧如月
香茶依旧飘逸
我依旧品味

月圆·人圆

1995. 2. 14

月圆
披身银装
唱一路月曲
在银光下
与月共舞吗

人圆
循着月路
踏些往事
在银光下
与月共舞吗

月圆　人圆
披身银装
循着月路
唱一路月曲
踏些往事
在银光下
与月共舞吧

泪洒黑夜

1994.12.8

夜幽寂

噩耗

墨迹像泪垂的一行一行

悲痛的心

画上苍白的脸

憔悴

夜在游

您

瘦骨伶仃的背影

隐约在烈日下

倏地响于眼帘

巴结悲伤的泪

夜多深

您

粗黑皱眉　深陷黑珠

悲惨的呻吟　哀叹

碾碎脆弱的眼眶

泪痕掉落

永别了
牵肠挂肚阴阳若相思
泪洒黑夜
您是否吮吸我的热泪
渗透已冷的心
滋润直视的白眼

漂泊的思愁

1994.5.27

漂泊的岁月里
我是否能做
大海里的一朵浪花
海阔天空的梦
使我的心化作浪涛
玲珑的幻影
为了你的欢颜
无私地奉献真诚的自己

漂泊的岁月里
我让你增添悠长的思愁
留给你一缕隐约的背影
此刻
一串串风铃
像同窗的时光
萦绕在昔日的榕树下
独自落泪　孤寂
让思念的手拂去你晶莹的泪水

漂泊的岁月里
我是否能做
春天最宝贵的一滴甘露
越过山涧
我的心愿化作
蓝蓝的天　残缺的梦
寻找遗在风中的承诺
为了不再令你担心
而燃尽青葱的自己

漂泊的岁月里
我无奈地使你增添思愁
夜间
一个富于传奇的故事
在秋日榕树下
叮当作响

故乡思

1994.6.29

心弦拨动
清溪漫流
把绿草献给故乡
去点绿寒冬雪白的山川
把蓝天捧给故乡
去震撼你沉闷的酷热
去染亮你苍白的岁月

世事变迁　万物更替
而　依偎在海边的
仍然是我的故乡
一样的孤寂和凄迷
一样的叹息和呻吟
谁也记不清她有多高龄
唯有那首古老的歌谣
轻咏

漂泊中想回到沧桑的故乡
让我在

肥沃的淳土上耕耘
平静的溪流中扬帆
温暖的怀抱里安眠
由我
撒下的种子在你的耳边长成绿荫
心中的智慧在你的路上洒满阳光

昨 梦

1995.5.9

昨夜　真不敢相信　我竟酣睡于你的肩头
昨夜　真不敢相信　我竟深埋在你的怀中
昨夜　真不敢相信　我竟吸吮着你的乳汁

每每我受冷入睡时梦见你
在岁月的阴霾中
只因有颗拳拳的心

啊——是你　故乡
故乡——哦　是你

故乡——哦　是你
啊——是你　故乡

几经飘荡悸动的心
真想缱绻地依偎着你
在这暗无天日墨黑的帷幕内

昨夜　真不敢相信　我竟吸吮着你的乳汁
昨夜　真不敢相信　我竟深埋在你的怀中
昨夜　真不敢相信　我竟酣睡于你的肩头

热 土

1999. 8. 5

故乡的歌清幽　水泻自天庭
一直潮汛着　萦绕在我的心头

故乡的云弥漫　纷飞于眼瞳
一直漂浮在我如水的天空

林子里奏来轻柔的丝竹声
那是我童年的春天
在故乡的河边起舞

生我养我的这方热土啊
日子翻动故乡陈旧的履历
在驿外的田埂回忆

故乡如彻夜未眠的布谷
啼叫我若隐若现的归期

微雨中的期许

1994.8.10

独自静静地伫立于窗前听雨
独自在夜深人静的窗前写诗
自由地漫步在深秋寂然的枫林中
风儿拂开我心头凝结的点点愁绪
                          点点心事
独自在缥缈的微雨中散步
无法打伞
无须打伞
让冰冷的雨花淋透衣裳
滋润干涸的心房
却有一份浪漫温馨为我伴舞

我渴望随意的感觉
自由的空间
我需要搅动周围的气氛
放松忧郁的情感
平息搅乱的心湖
狂热追星的日子里
真的很期待温情

独倚窗前
　　听微雨如歌
　　视落尘如曲
这样　　或许
海边的心绪渐渐消瘦
或许
有一份意外的期许

夜把我唤来

1999.10.20

那风，我已经等了很久
它带来了秋天的萧瑟
心湖撩起了涟漪

这夜，把我唤来
等待在你的渡口
心系着的是那杯美丽的香茗

不同的地点
我选择不同的思念
不同的心情
我选择不同的茗茶
夜，你能为我而醉吗

给夜一种颜色

1996.7.1

生命赋予我的不是一夜的故事
而是一生追求的故事

向你倾诉的不是生活的部分
而是生命的全部　包括内容与形式

也许　人生之路注定
要在这方茶园　绽放青春

无数次珍重的结果是一段美丽的过程
拒绝夜的到来　拒绝幻想的出现
我无能为力
以单纯的思维吞噬成熟的想法

距离与时间　统治着我的生活
皓月当空　引吭高唱——
茶花灿烂
树涛起伏　清诗咏吟——
茶园黯然

想着过去　想着现在
想着未来——将一切感觉遗忘
给予夜一种颜色——明朗

给予夜一种颜色
伪装时空的缺陷和沉默
真正从沉默走向明朗

宽容的大海
1998.8.5

湛蓝的天空
蔚蓝的大海
青绿的山脉
黛绿的岛屿
世界在这里简化成两种色调

脚下——
坦着一片金黄色的沙滩
眼中——
悬着一叶乳白色的渔帆
耳际——
拍着阵阵碎成沫的涛声

卷起裤筒
光着脚丫
心以最直接的方式接近大海
海水滤过尊严吻着肌肤
俗念——净化了
忧愁——淡化了

希图将迷人的海滩荡漾
足迹一深一浅地
向大海延伸
直到宽容的彼岸

卷三·古街风景

家中那把吱吱嘎嘎的旧竹椅

岁月摩挲出光滑

雨蚀风剥的两扇门板

色彩流在岁月的河里

湖的遐想

1997.6.28

沁凉的雪
拨弄湖水的声响
恍若熟悉却难名的唏嘘

雨若加入
把湖搅得不宁

湖水朦胧
假如是雾
把湖罩得凄迷

心境晴朗
点点火烧
几片云衔接天跟湖

几只水鸟惊叫
飞入风浪的和声里
高亢　清脆　优柔
婉婉转转　渐远渐稀

传来湖水和日头的交谈
阳光和湖水的厮混

微风不见得懂
徒填满耳际
约定湖水向沙滩涌来韵律

湖水朝石岸冲　不动
冒出白厉厉的獠牙
噬不裂　自己却碎了

湖上激滟泛着光波
波动我的思绪

湖水盈盈填补沉默的旋律
不想探究湖的性格
毕竟恬静和粗犷都是自然的

不想湖水洗涤阳光
还是阳光喜欢晃荡
不想风嬉戏湖　撩弄水
还是湖与风有缘相会
无缘平静

月 儿

1995. 6. 3

月儿酣畅
温存

停止呼吸的夜
阑珊星稀
月儿秋光流泻
温习着曾经聚首
月儿促膝夜空
沉思明晚
可还有
温存

云

1995.5.9

并不是我轻浮
穿着洁白的衬裙飘荡在空中
我明白我的使命
为了调节气候　均匀降雨
每当大地龟裂时　我变成雨
每当一棵小草枯萎时　我变成雨
每当一朵鲜花凋谢时　我变成雨
每当天气闷热时　我驱散强光　变成雨
每当春风吹来时　我悄然降临　滋润大地万物
每当秋收时　我高兴地飘在上空

不是我清高
穿着洁白的衬裙飘荡在空中
我明白我的籍贯
我是大地的儿子
我的前身是水　是你的血液
是你的宽容大量放任我飘
是你的善良慈祥扶持着我
是你的献身精神成就了我

是你给我磨炼自己的机会
我才敢与强霸抗衡斗争
我才敢以弱小的生命保护着你绿色的衣裳

我并没有负心
雨就是我想你的泪水
雷鸣——你呼唤我　我落了泪
电闪——你鞭策我　我落了泪
请宽恕我
当我完成我的使命后
我一定回到你的怀抱

啊——大地
我来自大地
一定要回归大地

一个人的夜晚

1996.5.29

今夜借着初夏的晚风
孤独在泛黄的街头

一个人的夜晚
任晚风吹散

今夜趁着迷茫的月色
流浪在古老的小屋

一个人的夜晚
把思念向远方拉长

期待绰约阳光

1995.7.26

我愿意在深夜期待绰约阳光　即便——
　　　心谷笼罩幽暗的烟霭
　　　笔端注满苦味的墨水
　　　思绪塞满渐远的倩影
我仍用火焰般猩红的风兜——
　　　挡住深夜的万种风情
　　　使星光清辉隐约消退
　　　暮秋深夜迎风而期待
我敞开似池鱼悠悠的心湖——
　　　让浑浊的月光流淌着
　　　映现在我清澈的波心
　　　被思绪碎破斑斑点点
我澄湛似月的明眸凝视东方——
　　　我似清水的诗情倒映阳光
　　　纤纤的诗粼幻着七彩光环
　　　清脆的歌音和绰约的阳光
我只能在深夜这样期待绰约阳光

病　态
1995.7.26

病态的雨负载病态的梦想
病态的雨诠释无稽的情感

千丝万缕的阡陌病态的梦想
魂断梦牵焦虑的病态的雨

本是一朵素净无瑕的流云
本是一弯醇酽娉婷的眉月

却为深夜的阳光而病态
却为美丽的误念而闲言

岁月无情如流星般匆遽消逝
病态的梦想似飘着病态的雨

啊——叹息我　我的轻狂
啊——叹息我　我的痴迷

病态的雨里没有绰约阳光

病态的梦里没有灿烂阳光

阳光埋葬了病态之月
浸泡久了我思绪长疙瘩

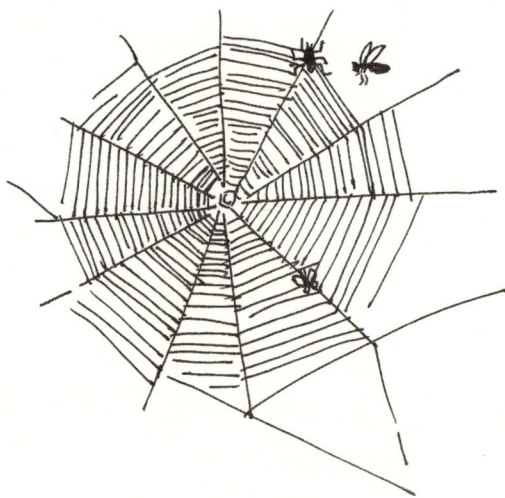

田　埂

1995.7.26

田野深处飘来幽思的钟声
像雾霭袅袅流来
如甘菊的清香逸来
钟声消瘦

我匆匆地踮着田埂
赤脚抚过埂上的塞窣
眼循幽思的钟声
悄悄地步近

田埂在原野上伸展
正当我要触及时
田野深处沉寂
若深谷般空荡
我迷失在阡陌的田埂中

选　择

1995.7.7

云　悄悄地　飘着
　　　　　　逸着
　　　　　　轻轻柔柔

月　静静地　韵了
　　　　　　醉了
　　　　　　娉婷妩媚

一个人伏案
被重重叠叠的书
围住

仰头只见一寸方空
凝住云月　苦苦追问
吻云　还是亲月

暖在梦里

1998.9.1

雨
是一种思念的叙事
总在不经意间
落在心底

雨
她或悄然而至
停驻在岁月的尽头
轻吟着细语

雨
她或突现怀里
依偎在那
紧紧而不分离

雨
舒展着思念
却无法让我触见
唯有暖在梦里

或许
哪一天
不再惆怅
雨　暖化在日子里

古街风景

1999.10.1

老人倚门的姿势
是古街上的风景

家中那把吱吱嘎嘎的旧竹椅
岁月摩挲出光滑
雨蚀风剥的两扇门板
色彩流在岁月的河里

街面的青石像老人
松动的牙
我们踏过无数次
足音细碎成古旧的斧凿声

就算竖起两边高楼
老人浑浊的目光中
我们依旧蹒跚

偶　想
1996.8.2

我的到来
如伊丽莎白的微笑
散发深情与美感

我渴望用另一种
重逢的方式　却
无法挣脱忙碌的魔爪

只能夹在时间的缝隙中
寻找阳光　水分　营养　生机
然后枯萎

人生的滋味

1994.5.20

总有一些沮丧
默默地
随失败而生
因成功而变

总有一些憧憬
像那默然的昙花
于夏夜绽放　静悄悄地
凋谢

总有一些真谛
像那秋日干枯的黄叶
微风轻盈　飘然地
掉落枝头

总有一些泪水
像那春日轻拂的柳树
雨过后　淅沥迷蒙
黯然滑落

总有一些忧郁
像那冬日舒展的梅花
雪纷飞　冻结冰晶
凝练加固

总有一些感悟
默默地　势如大海
那汹涌澎湃的浪涛
随风而起　因潮而退

秋 色
1994. 12. 7

摩挲荷叶
树梢筛过月光
回眸婆娑树涛
蓦地
一潭荷塘月色
剪碎憔悴的秋风
背影隐约
轻弹飒飒晚风

回首望尘
黯淡的心
默哀
秋的悲凉
月色愀然
搅拌陶醉的秋色

凌絮的酸楚
分解残荷叶

两株梅花

1994.12.23

这边一株梅花
那边一株梅花
相隔一座山一条河一条路

挺过十八春秋
风吹花落于山峰上
种子
吸月露吮春风吐新芽掘嫩叶
根共生枝共长茎相拥叶相包
顶狂风迎暴雨傲霜雪
在山峰上择势而居
梢向地成连理

这有两株梅花
相隔微米

春的魅力

1995.4.25

远山朦胧
近村清秀

谁轻纱披远山
是远山烟雾漾雨吗
是相机的焦距吗

谁妩媚了近村
是春江鸭声　暖水溪语吗
是农家少妇吗

朦胧远山
清秀近村
哦——大地回春了
是春的魅力

蜻蜓点荷

1995.5.20

酝酿一缕缕荷花香呵荷花香
　　伊人般的荷花香
　　新荷的吟音
　　吻着蜻蜓的吟音
吟咏一曲曲花殷红呵花殷红

吟咏一曲曲花殷红呵花殷红
　　鲜血般的花殷红
　　荷血的奔涌
　　泛着蜻蜓的奔涌
酣畅一片片情愫深呵情愫深

酣畅一片片情愫深呵情愫深
　　母亲般的情愫深
　　孩儿的心焚
　　和着故园的心焚
酝酿一缕缕荷花香呵荷花香

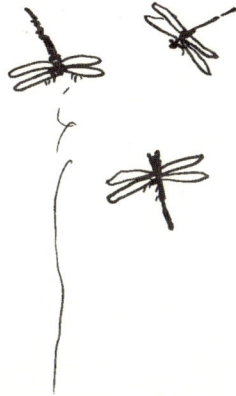

风

1995.2.28

风
剪着风雨花
落得满地　万紫千红

风风
揪着树冠
坠得满地　绿意狼藉

风风风
捧着远山
响得满山　歌声悲壮

风　风风　风风风
抽着心灵
激荡思绪　风中彷徨

山　顶

1995.6.29

山顶一簇一簇绿林
石屋萧疏孤零
一排野草爬满屋墙
淡淡忧愁凝成寂寞
一群洁白的羊儿在山顶蠕动
仿佛飘过一朵朵素净的白云
拉起心爱的胡琴
若山顶悠扬婉转
若山顶早晨轻荡微风
琴声暗幽淡远
若夜下朦胧的山影

白云任山风轻轻抚着
沉浸在琴声中
梦呓和着琴声
眉月出岭
山顶的月亮有些消瘦
山顶的月光有些迷离
　　淡淡的

柔柔的
若山湖的心柔软一片

琴声荡漾在山顶
白云缭绕在山顶
月光流淌在山顶
沉静幽深如海的眼睛
孕育着忧郁的阳光

暗蓝的珍珠

1996.7.11

一串　二串　三串——串串暗蓝的珍珠
黏住残阳瞎了眼帘
亲吻残阳瞎了眼帘
四串　五串　六串——串串暗蓝的珍珠

残阳呵——你能承受住这多雨的夏季吗
你残垣不全的余晖在消瘦
你缥缈虚无的记忆在发黄
你可知道　你将在稠黑的深夜淹死

七串　八串　九串——串串暗蓝的珍珠
遗掉在残阳的透明的大森林
融化在残阳的透明的大森林
十串　百串　千串——串串暗蓝的珍珠

残阳呵——你腾着病态苍白的流云
在黑夜透明的大森林中寻觅
寻觅串串串串暗蓝的珍珠
残阳呵——你为什么不捉摸自己的眼睛呢

昙　花

1995.7.26

白如雪
烈如火
点燃了稠夜的黑暗
芬芳了深夜的沉寂

没有阳光典雅亮丽
没有阳光幽娴明媚
只在黎明前的最后一刻
饱受黑暗尽情地舒展

最后凋谢在灿烂阳光中
蒸发如雪如火的血液

清　秋

1994.5.21

幼稚而纯真的清秋
你——
笼着雾般的忧郁的姑娘
在灰蒙蒙烟雨中踽踽独行
抽噎
啜语着
不再随波漂荡
只悠悠打着旋儿的湿船

我知道
它载着你一颗童心
给予你一份憧憬
一股莫名的悲戚与抑郁
我徒然而生
想安慰你
却拖着沉重的步履背道而驰

载着斑斓多彩神奇绚丽的记忆
那么遥远　缥缈

静静地涂抹着夏的蓝瞳
枯黄的枫叶飘落

蓦然间
方觉昏黄的萧瑟季节姗姗而来
郁闷的心　噙泪的眼
我扬起
船的风帆在苦涩的大海里疾航
拨动缪斯的竖琴
奏出洪亮辉煌的乐曲
唱咏七彩阳光

秋风轻拂
透过雨帘迷茫间
一枝黄叶飘零
宛如无声的旋律中少女轻盈的舞姿

撷把黄叶搂进怀里
我信奉——
总会遇见湛蓝湛蓝的天

与一颗种子同枕

1996.8.13

在七月的咏叹中
我不曾有非分之想
想与一颗种子同枕　然而

这深邃的夜
将我寂寞的诗篇读通
无奈之后的冲动
把种子作为我今夜的情人

深情地吻融这灿烂的阳光
柔情的水
坚强的肉体与丰富的营养

我以轻抚的动作
慰劳种子生长的艰辛
今夜她扮演的角色
陷在奔涌的情欲

种子呵　我的情人

你那柔性的满月
一潭幽深的水溢满你的颊腮　绯红

某种伤害　除了我的幼稚
完全归结于夜
他以老者的腔调教我轻狂的举动

我不愿那金黄衣服成为夜的牺牲品或战利品
我要将她们保藏完好
在春天到来时

在春天到来时
用阳光　水　肉体　营养
培植萌芽　吐叶　长枝
然后再抱在枕边

蒙雨中追寻

1994.5.22

悲悲凄凄　萦萦绕绕
飘飘洒洒的微雨
漫天飘飞的蒙蒙烟雨的日子
总唤起我的回忆——
海滩寄予遐想
纵情蓝天白云

芙蓉花盛开的雨季
孤寂　沉闷的我
脸颊上还没露出痕迹
抚摸眼角　拂去柔软的水珠
——雨水　泪水
我全不在乎

遗憾的是回忆已被打破
痛苦的是伤口已被揭开
人生的艰难沉重如此不解蒙雨之梦
扬起新的希冀风帆　与
命运默默对弈

我愿执意地在痛苦里
决不放弃真诚的追求
在生命的魅力与诱惑中
人生的真谛和牵系之下

我——
无怨无悔
无怨无悔
走过蒙蒙烟雨的今天

卷四 · 将此刻绣起

夜阑珊

月婷婷

云飘逸

星斑斓

都绣进去

绣成永恒的风景

相逢在榕江

1995.8.7

让江水此刻停止奔波
　　　星辉静静地轻轻地流淌
　　　月华悄悄地柔柔地挥洒
让咱俩此刻开始吐露心丝

远处榕江上阵阵如诉的汽笛声
　　　幽静咱俩清澈如甘泉的心湖
　　　屋内爬出微弱如薄雾的黄光
近处咱俩的背后印下它的足迹

农家劳妇平稳的喘息声
　　　消融在星辉斑斓的夜色
　　　装饰着旖旎惬意的夜色
是咱俩情愫绵绵的织线

两对平行线匆匆地交错成直角
　　　几分腼腆几分手乱脚忙
　　　几分激动几分沉默无言
两对平行线的交角渐渐地增大

两对平行线的交角成了平角
　　千言万语构成平行线段的点
　　心髓谛言攀行在平行线段上
沟通四个线头飘忽不定的情感

秋 夜

1998.9.27

曾想用思念缩短两地的距离
曾想将感情宣泄于夜阑人深的
秋夜

思念是一种过程　但
结果呢——

无法想象今夜到底有多长
多深

蘸满一笔月光　畅想今夜——
来了　向我奔来

写满思念的夜空
诠释该是如何简单的姿态

姿态就是彻夜无眠
盼着过程缩小

从一个到两个　到一体
远远拉走　在秋夜

梦回榕江

1995.7.12

又是红月晕璀璨的阑珊夜——
　　梦想着曾经相逢在榕江
又是红月晕璀璨的阑珊夜——
　　回味起曾经迷人的温存

夜是升温了　不然寥寂的夜怎么啄了
　　"知了——知了"　轻叩我孤枕的梦
咱们或许也升温了吧　不然——
　　我怎么怎么会长眠美梦呢

榕江上依旧惨叫的残鸟
　　再一次溺死在我的梦
榕江上咱们两颗炙热的心
　　仍旧装饰在我的梦中

榕江上——这咫尺的日子
　　谁解我心中的苦痛呢
梦里仍旧紧紧抱搂绰约的阳光
　　体味满眼的悲酸

榕江的黄昏

1995.7.25

在残垣的暮夏的黄昏
眉月泊在浑浊的榕江
飘梦的流云不再飘梦——
　　　滑落串串暗蓝的珍珠

在奔涌的榕江的黄昏
眉月藏行稠黑的流云
冰冻的晚风习习贴面——
　　　不要问悲怆伤心的理由

在冷峭的灰色的黄昏
真想浸泡清晨的阳光
绰约我未眠熟的波心——
　　　能否回眸榕江的点点滴滴呢

榕江的深夜

1995.7.26

深深的黑夜　奔涌的榕江
　　惆怅的人影　憧憧的心影
我促膝江岸回味起幽思的残诗——
　　仿佛沉醉在娴静的阑珊夜

浓墨的乌云　残缺的苍穹
　　悲戚的眼睛　绝望的眼神
就像坟墓后飘出来的鬼叫一样的恐惧
　　眼帘中的一切都被恐惧湿了

榕江的深夜　深夜的榕江
　　任思绪融入浓重的深夜
倘若我能再塑一尊浪漫的相逢——
　　我将心荡起一叶坦诚的孤舟

游荡何方
1996. 7. 18

我想问你
今夜　我该游荡何方——
在如水的皓月中
回味曾经的艳影

我想问你
今夜我该游荡何方——
你的艳影　我的痴迷
可否在星辉中激荡

我想问你
今夜我该游荡何方——

如雨的夜晚

1996.5.17

一个人的夜晚
迎着初夏的晚风
孤独徘徊在泛黄的街头

一个人的夜晚
孤零零
任晚风吹散往事
由背影融化唏嘘
孤零零
一个人的夜晚

一个人独自说话
静悄悄
将思恋泡满眼眸
把挂念串成珍珠
暗蓝暗蓝地
遗落在一个人的夜晚

一个人的夜晚

想你千遍
想你灿烂的微笑绽开
触发我枯竭的情感
宣泄　宣泄　再宣泄
一个如雨的夜晚

迎着今晚初夏的晚风
独倾在昏暗的陌巷
独醉在陌巷的怀抱

东山夜雨

1996.6.23

当静夜的夏雨随风而飘时
我伫立在你的窗前
对着你的门
独候深夜

深夜的声响叩动你的门
孤寂切入屋内
对你的款款情愫　如水
缓慢停泊在你的胸口
却一直无法消逝

我恨今夜东山风雨
抑制了屋内的温度
悔我今夜姗姗来迟
为东山夜雨择庄

然而　我深信　明朝
因我今夜的活动而炽热
我深信　千百年之后
在我们背后拉着一个古典的影子

迷离小屋

1996.6.26

夜阑　我端坐于案前
屋外　迷蒙小雨如丝
如缕
寻找小屋曾拥有的所有
感觉

曾伫立在窗前　静候深夜
静踱在窗前　写诗
交会在窗前眼花灿烂　也
曾拨动心弦　叩响你的门扉

一切　既有这一切
都期待迷离小屋
能有一片真的天空
即使只小小一片
若能与你意会一切感觉
就已足够

明天　我将离开小屋

从对着你的门
变成对着你的窗
清楚的记忆迷糊了小屋

夜深深　惘惘人影
迷离小屋因我的离去而
黯然失色　可
你的小屋也会因为我的离去
而黯然失色吗

解　释
1996.8.27

（一）
曾经抱住一丝微笑
而生机了深夜
却
无法拒绝夜晚　风铃声响
切入我的情感区
宣泄——

（二）
几次凝视或意会
咱俩诠释了
尚在咱俩之间的
错觉

其实　某种美丽的错觉
最终才会成诗
一款情谊的诗

（三）
我愿　咱俩无须苛求太多
能在 21 世纪
拥有缘分
那已是一种幸福

咱俩无法拒绝种种骚扰
有如时间与空间
但一切交付微笑
诠释清楚

（四）
夜阑深处
双双朦胧的丽影
游弋着
在夜与树的呵护下
交换情感

但　我闻不到那种跳跃
凌乱的呼吸

我情愿以纯洁的诗篇
接受你予我的情感

（五）
诠释咱俩之间的底蕴

需要时间与空间

三季的相离或更长
将是一曲悠扬的音乐
邂逅就是跃动的音符

（六）
或许　不用解释
让月夜流泻的姿势
感应错觉　会更
清楚

梦中相逢

1994.7.27

匆匆地相逢在梦中
把寂寥的我　重温遥远的从前
前尘往事
飘飘萦萦
洒落眼前

你温柔的轻唤
甜蜜而灼热了一颗
孤寂而无聊的心
冲淡离别后无边的思愁
遥远的你
依旧清晰地根植在我心深处

梦方醒
默想凝望遥远的星空
星星渐渐地
模糊

月 夜

1996.6.30

回味曾经以我的名字
　　编织伤心的故事
　　沉淀孤寂的思念
窥视夜阑月辉璀璨绰约
　　千朵万朵玉花飘零
　　隐约的情感沉甸甸

以一夜月光流泻的速度传播情感
让一片花瓣轻盈的舞姿诠释月夜

不敢宣泄我心邃的底蕴
　　停靠于深夜的轻纱中
　　幻想情愫的脉动贴近
不敢打扰你伫立月下的姿势
　　懦弱的灵魂只能轻叩
　　你的心扉化为款款情

一年后的叶子

1996.8.13

一年前
正面是绿色的
背面是红色的

我冥思　却哼不出她的真实姓名
亦描不出她的花容月貌
一年的往事注在这叶子里
夹在书页内　发黄褪色

那仅有的一缕相遇　相识　相思
化作往事　最后相离
古典爱情式的抒情与忧伤
竟在这一年间演变得面目全非

一年后
正面是褐色的
背面也是褐色的

雾　都

1995.5.7

悄悄地
百合花飘进你屋内
悄悄地
它在雾都活了三个春秋

或许　你会问
这百合花为何殷红
只因它染了我苦涩的泪汗
吮了我鲜红鲜红的血液

期待着　期待着
迷蒙小屋
燃烧炽热奔涌的心
照暖被雾埋葬了的我
真想着

或许　你也曾想
敞开窗户　用温存如水的眼
凝望我凄迷的双眸

并紧抓住我冰凉的手
你炽热奔涌的血液
循着我的手纹
潜入我冰凉的身躯
然后牵我入屋
只要我轻叩窗棂

但我想　呵　我想
还不能轻叩
寂寞总是这无情缘浅的雾
我只能忍受雾都的冰凉　迷离
我不曾奢望能与你相撞
在无毒的视线
只因缱绻深情太负累

三年了　哦　三年
这样厮守着过去　不知
来年这秋会不会有雨
来年这秋会不会有霜
来年窗外是否仍是这雾呢

若仍是这雾
我真想将你的窗棂轻叩
……
你会陪我在这雾都
路虽迷离扑朔

步履也艰辛
我也不会迷失方向
只因你擎颗炽热奔涌的心
点燃我的来路

有你擎颗炽热奔涌的心
纵然　死在雾都
我也——
不悔

最终　你会拾起百合花瓣
踏进雾都吗　抑或
羽化成蝶
栖息在这百合花上
即使你默然不语
我的灵魂　也
欣慰

伞

1995.6.28

是谁撑着这个无雨的世界
在雨夜间
哦——
是你　撑伞的人儿
多少个午夜
独自拉着纤细的手
是雨的
挥洒落泪的寂寞
远方的人儿
何时循着雨
潜入我的小小世界呢

已有另一个人撑着一把伞
一把小小伞
我不得不松弛两只纤细的手
来抓住你沸腾的手
不烫
猛然转身
我憔悴的眸子亮了出来

顿捂住你脉脉深情的眼睛

雨在伞沿滴
　　　　　滴
　　　　　滴
伞的影子
两滴水融为一滴

面对面站着

1995.7.2

慢慢地从 《雾都》 走到 《伞》
从而撑起　一片无雨的世界
当我如一款树叶飘零时

怀念昨天心湖拨动的涟漪
荡在眼底
凝成一尊风景

在往事的眼里　我成了小孩子
幼稚的情感　懵懂的心灵
蕴成今天莫名的悲伤

曾经用纯真稚气的语言——
表达最深邃的情感
然而　一种世俗的约定　告诉我
只能面对面站着

站在伞的两沿
不像两滴水融为一滴

屋外的雨

1995.7.13

屋外的雨正飘着
雨水倒映我的痴心
紧紧抱住吉他
拼命拨动缪斯的琴弦
抑相聚
抑离别
琴声款款响起
渗入雨丝
如一团轻雾
如泛滥灯光

屋外的雨还飘着
我沉浸在琴声中
六种思念响着跳跃的音符
和着凄泣雨声舞动
我摇曳的思绪
宛若湖中苇影
宛若竹梢嫩叶

将此刻绣起

1995.7.26

将此刻绣起　绣成布卷吧
让我们相逢在榕江
夜阑珊
月娉婷
云飘逸
星斑斓
都绣进去
绣成永恒的风景

将此刻绣起　绣进心扉吧
让我们相逢在榕江
点点滴滴　眸相撞
滴滴点点　手相牵
晶莹亦好　情点滴
暗蓝亦可　泪晶莹
全绣进去
一针一针地刺进心扉

多少个这样的夜晚都已过去

多少个相逢的日子都已过去
别求天长地久
只将此刻绣起

手心的湖

1998.5.1

你那粉黄色的蝴蝶结
就像丁香般的情结
留住一方空间
在我碰见你时
想象万千
是的　你款款而至
轻捷的脚步宛若轻盈的落叶
漂泊到我身边
那飘逸的秀发撩弄我的心湖
荡漾着涟漪
却在一石破水时
面目全非

我以歌者的高度
唱破初夏沁凉的晚风
拉着深夜的手
漫游在阑珊处

一种感觉冲破闸门

在夜的湖泊泛滥

仿佛波动着一种莫名的情愫
抑或一种难懂的理解

那橙红色的视线
刺痛来自湖泊的涓流
一款幽潭在手心宛若华梦

手心的湖哦
捧着几许期待
捧着几丝希望
在深夜的尽头坐穿秋水

那沁凉的晚风
依旧撩动着湖心
一只水鸟惊叫
划破夜之沉寂
偶然生机了夜
千朵万朵花开放
顿觉夜明亮了很多很多

潋滟的湖水哦
撩动了我苦涩的思绪
甚至有些苍白无力的情感
在波心辗转成片

幻成盈盈的湖水

我的感觉就如碧空中
轻盈婀娜的彩带
带着多少心情　多少美丽
投影在波心

好吧　让我躺下
睡在湖的臂膀
侧耳啼听湖的呼吸
倾听湖血液涌动的声响

好吧　让我躺下
依偎着夜的胸膛
领悟夜的深邃和伟岸
好吧　手心的湖

圆 · 爱

1996. 8. 5

原来
你一直是我无法绘好的圆
从端点到末点
都是无规则的起伏

原来
你一直是我无法贴近的圆
从圆内到圆外
都找不到安全的立足点

原来
我也在无意中成了你的圆
无棱角的爱
圆圆满满
你穿梭自由
却遗忘了空心的事实

等了这样久

1996.10.17

我不敢蹿入你的生活
只能轻叩孤寂夜
静聆岁月的回音
在相伴的三年中

我终于蹿入你的生活
付出就能感受到
却依旧孤寂彻夜
无法生机枯萎的情感

其实　你我咫尺
何以安天涯呢
两地的思念
或许是我独自思念

无奈生活太匆匆
淡忘了昨天既有的感觉
不然必定难抑冲动
或将是另一美满的结果

花开的季节

1995.4.3

（一）

深夜见你依旧只是一个梦

活在你的微笑中

总盼能捏住一丝眸子

秋波涤荡

取暖我迷离的心

然而　回首旧梦

追寻你在梦中

满目渭然成

十八朵残花枯枝

（二）

在那夜里唤着你的名字

花开永远属于你

花落总属于我

我匆匆拾朵狞狰黑玫瑰

可被遗在深夜里

忘在混梦里

只能唤着你的名字

（三）
我是否能从这个角度读你
我的感情是忧郁的
你的感情是纯真的
是否容许
我用忧郁的话韵来读你
与你
在深夜时
默然面对你闭紧的窗口
能否嗅到一丝温馨

（四）
擦肩而过的你
是否被我的自言所感动
风语雨言
总诉说在风里雨间
倘若你乘风踽行
或许能抓住我迷离的思绪
可在擦肩而过
那一霎间
我的自言
为什么花开不属于我

（五）
该离开你时
你令痴迷的我黯然神伤

花落花残
不知心里
如今　回首
总觉该离开花开的季节
假若你的微笑　此刻
能恰如其分地绽开
或许
我也能止步　此刻
哪怕只一秒钟

等待夜的降临

1996.8.5

缕缕的心事

掀起了一种心情　盼月

焦灼的等待并不苦涩

却是收获寄语的欢愉

多少个宁静的夜晚

倚栏任月光洒着

与月对话

等待夜的降临

享受宁静的温馨

夜那么静谧

没有欺骗

没有骚扰

没有斗争

只有惬意和轻松

没有尘埃

没有虚伪

没有凶恶

只有那满眼的星光
散着清辉的温柔的月

飘逸的云　沐浴轻风
享受这份无言的欢乐
惦念一个陌生又熟悉的名字
让风捋起长发
让天空分享沉重

天空中　闪耀着几颗星
我想化成一颗星星
凝望你
风中　与你同行
暮色里　哪怕孤影也携着你的衣角

眼眸间

1994.12.3

徘徊
在你水般的眼神
化成
触电的痛楚

回眸重叠发际的眼
悲伤的凌辱
沉淀于
欲求的心底
酝酿着
分泌苦涩的泪水
在锋尖上
辗转

花落无言
月残倾诉
眼眸间
飘落风尘
刺伤眼眶
泪花在心中绽放
纯丽
占据心

深　夜

1996. 8. 2

夜阑　剪一片幢影
预期今晚的寂寥
不敢　静静等待你的出现　在这里
因我已从你温存的微笑中
料到初夏的季节　多雨

我以稔熟的动作忍受雨水的淋漓
浸蚀孤寂的心田
倒一杯灵感　狂饮至最后一滴

诗中　不敢放肆性感
泛溢廉价的情愫
杂乱无章的雨水　停泊于波心

深夜
你以乌云遮月的方式　姗姗而至
温存　害羞　微笑

蛙声渐息　我与你心会
摧毁今夜寥寂的预期
生机了深夜

解 梦

1998. 12. 8

你对我说
你做了一个梦
我们流浪在一个地方
前方是大海
后方是峭壁

你问我　该怎么办呢

我说
我会往大海跳
因大海是爱
峭壁是恨

回　忆
1997.2.1

回忆
叫我如何去回忆
这一段艰辛的岁月

夏风已在夜晚悄悄降临
吹拂着四个月来的
点点牵挂和片片愁绪
不知怎的
竟连回忆这段时光的勇气
也没有

是否真的我很脆弱
连最起码的挑战自己也没有
夏风无法诠释的
由深夜去伪造吧
留着心思在夜间远去近来
即使迷失在深夜

就算我无法引证论据

去证明我的孤寂与艰涩
我仍然是这个样子
好像一朵不再说话的花儿
好像一朵黄昏低垂的玫瑰
好像一片不知方向的素云

卷五·不黄的祝福

我渐渐模糊的视线

停留在悠落的黄叶上

却发现

不管千山万水　山南海北

最真挚的

是那

不发黄的祝福

告别榕江

1995.7.11

我告别榕江在垂暮微雨时分
挥一挥滞重的左手
看江上铺开的残阳
椎心泣血人影幢幢
忆起昨宵星辉斑斓的相逢

忆起昨宵星辉斑斓的相逢
沉醉于朦胧的笙箫
融化在优美的韵符
遥窥莫测的红月晕
明天可有蓝天白云　可有绰约阳光呢

倘若有蓝天白云　有阳光绰约
我不再让怅然的泪花
泛起款款韵律涟漪
奏响离别的笙箫曲
但我还是捉摸不定这莫测的红月晕

红月晕哦——此地已微雨朦胧

128

人影幢幢　不再来
告别昨宵的相逢
再见江上的残阳
我要告别榕江走向诗的远方

走 过

2000.6.1

沧海浮尘　芸芸众生
我们来自各自的远方
激情　理想　梦幻
相碰　迸射真诚的光
在校园中定格回眸的靓景

挥斥方道　指点江山
迎着朝霞来　踏着夕阳去
流年中洒满了汗水
曾经的辉煌
都埋在黑土地深深的足迹里

校园的钟声叮叮当当
交织过多少梦幻
成长的追逐　一跃而过
寒窗的日子早已远扬
回忆神伤

春夏已过　沧桑写脸

而今的厚重　经过生活的洗礼
回首望　时世变迁
一切恍如昨梦

南风轻轻送　相聚的时光匆匆
走过的尘嚣喧扰　似乎沉寂
怀揣当年记忆的落英
没有言语　更没有眼泪
我们走向各自的远方

不黄的祝福

1994.8.2

微凉的季节
黄叶洒脱地打着转儿
一枚小小的紫风铃
缠绕在窗台
或短的树枝上
叮当凝成圈圈惆怅的记忆
苦楚强化了黄叶飘飞的絮愁

收到遥远的你寄来的祝贺卡
封面画着一束白色百合花　和
一杯香槟酒
和谐的色彩　惆怅的温馨

我渐渐模糊的视线
停留在悠落的黄叶上
却发现
不管千山万水　山南海北
最真挚的
是那
不发黄的祝福

梦乡笛声

1995.3.11

又在梦乡吹起跳跃婉转的笛声
是友情的微笑吗
是友情的腔指吗
又在梦乡响起悲壮悠扬的笛声
在思你深夜时
在念你昏睡时

跳跃的腔指　跳跃的音符　跳跃的友情
是昨朝的聚首
是今宵的幽梦
悲壮的微笑　悲壮的旋律　悲壮的往事
在深夜凄风时
在昏睡迷惘时

跳跃悲壮的笛声　跳跃悲壮的笛声
友情婉转悠扬的旋律
在深夜昏睡时吹响
让深夜去映衬她　让昏睡去感化她

我是你的朋友

1995.2.27

你曾散步在花姿婀娜
芳香飘逸的原野上
有人正游说自己的传说
　　狂读自己的童话
透过绽满灿烂微笑
　　如秋水般的眼睛
你可在花丛中的深夜会意
我是你的朋友

你曾沿着一深一浅的足迹迎着海潮
有人正游说自己的传说
　　狂读自己的童话
听澎湃纵横的海浪
　　如大海般的胸襟
你可在浩瀚大海的深夜明白
我是你的朋友

你曾披着绿装漂洋过海泊在水中央
有人正游说自己的传说
　　狂读自己的童话

赏海水相逢
如往昔唏嘘
你可在没有水的深夜珍惜
我是你的朋友

流　星

1995.5.24

稠密乌云
墨黑帷幕
一切一切都笼罩的一切
在喧嚷的校园
但别悸动

请听我说　同学
紧紧地捏住　捏住
流星的衣角
让邂逅摇曳生姿

请听我说　朋友
虽萍水相逢　流星掠空
可我静谧的心灵
荡起难忘的涟漪

请听我说　知己
纵然星移斗转
我仍旧厮守情谊

只为心情隽永

真的　真的
我的朋友或知己
请千万千万　暖着
我冰冷无助的心
这样　倘若溺死
在这喧嚣的校园
我也刻骨铭心流星的辉煌

白云深处

1995.6.30

题记：离别，并不是缘尽。在那白云深处，仍旧驻足
着百合花和狮毛草。同是天涯沦落人，拥有一个共同
的梦境；我们戴着多姿多彩的花环，筑成一个别致的
谜，在再次相逢时，疑惑邂逅时，让你猜……

白云悠闲在山坡
百合花忘记山下的争艳斗丽
并不为独领风骚
而孤零地择置在狮毛草间
只为澄明自己

几个昏昏睡睡
白云深处
触目已是第二个春秋时节
百合花尽情舒展着洁白的花瓣
坦诚了狮毛草
狮毛草深深吸着百合花的清香
吟唱幽思的韵诗
沾满百合花瓣

百合花铭刻着吗

萧瑟秋风
百合花容颜憔悴
垂着头沉思……
狮毛草寻着春天的雨水
仿佛梦见明夏百合花还开着
在白云深处

孤单的候鸟

1996.6.1

　　北方的候鸟，飞往南方的绿，寻找安乐的窝。绿给予候鸟无限的爱和梦幻般的情，候鸟沉醉于南方的绿。日子无情地流走，北方的冬已过去。候鸟依恋南方的绿，停于这而没有回归北方。尽管南方的暑使北方的候鸟受不了，但为了绿，候鸟脱去了他严冬的衣，依靠着绿，沉沉睡去，发出让人心动的梦呓。秋终于来了，绿又去寻找属于她的春梦，留下候鸟守着秃秃的树枝和一地的黄叶，秋的萧条对于候鸟来说并不是梦的尽头——

　　在绿走之前，候鸟对绿誓下诺言：不管秋多么萧条，冬多么冰凉，我仍旧念你如昔，等待你的回归，只要一天我没死。

金风骚动
狼藉黄叶萧条了秋
憔悴候鸟厮守着秃秃的树枝
顶住萧瑟秋风
候鸟的心不曾撼动
依旧钢铁般坚定

接踵而来的寒冬
候鸟伸直他迷蒙蒙的眼睛
安葬在绿秋园区的逝影
很清晰
哦——哦！？
绿倏然启程了
候鸟心一趄
仿佛依偎着绿
弱小的身体捂住火般的心
在单薄的冬季
睡得深沉
每当闭上眼就想到你
绿你可感受到
候鸟呻——吟——
到最后一刻

绿乘着梦回归了
万物都被绿醒了
可候鸟不醒
依旧那样沉睡
绿心悸
将候鸟扶起
轻吻着他
绿已闻到一颗炽热的心
依然在跳跃

绿说我等着你
然而
候鸟已屏息凝住了眼
绿顿悟失去
恸哭了一个夏季
最后覆盖在候鸟的身上
感化融为一瞬
　　一瞬而升华

远方的杨树

1994.12.3

远方的树叶
悬挂
叶的承诺
回归

叶黄
脉碎
宛然尘封
飘渺
唯独落叶的泪
守候

叶落
微风
残阳
秋的晨曦默然无色
苍白晨风
冻结落叶的泪
沾满疲累的脸颊

远方的杨树

落叶是泪

这里无云　无月　有星

1995.5.25

这里无云　请你
静悄悄地走过来
静悄悄地
别惊醒昏睡的苍穹
这里无云

请你带灿烂的笑靥
娇养的眼眸
呆滞的目光亦可
依偎着我　别忘了

这里无月　请你
轻柔柔地走起来
轻柔柔地
别打断深夜的呼吸

这里无月
将我崩溃的心
在深夜的胸前　悬挂

就算缥缈虚无亦好
凝视着我　切切

这里无云　无月　有星
明净的苍穹
咫尺的月遗在明净后
但星光微弱亦可
意会我　星是我
念你的眼睛

歌　者
1996.8.8

悄悄地
蛙声依约而唱
划破夜空的沉寂
滤过蚊帐
在我迷蒙的心湖
荡漾着歌声的倩影

我以屋外之蛙声
歌唱未来
卧着栖息之席念
一片水乡

刹那间
听懂歌者的期许
甚至侵入我萌动的世界

以最微弱的震动
诠释歌者的灵动
在深夜里

逐渐地扩散
一如飘忽的款款的诗

蓦地
以最嘹亮的鸣叫
挣脱哀伤的身影
谁在水乡中央
歌唱未来

歌者修复振动的频率
以另一种方式
在深夜以外喷发
侵入我期许的美梦

深夜脚步声

1997.4.15

深深的夜　静静的夜
稠密的乌云和白云轻游着——

哒——哒哒
砰——

一只盛满情愫的高脚杯　醉了
一只空空枯竭的高脚杯　碎了

几许酒精蒸发　沉淀着往昔感恩
兑现廉价的珍珠　暗蓝的
在透明的大森林　飘零

哒——哒哒
叽——

一只盛满艰涩的高脚杯　干了
一只空竭而流溢的高脚杯　倒了

沉积在高脚杯底的温馨　缓慢升华
点点情怀是星辉斑斓
涉过的沧桑在岁月的枝头——望穿远方

叽——
哒——哒哒

稠密的乌云和白云轻游着
跳跃的夜　深深的夜

卷六·沧桑的年轮

几多流逝的沧桑

曾是橘子皮般发涩的岁月

刻画着深沉苦难的年轮

深沉的夜

——悼念邓小平同志

1997. 2. 19

（一）

夜好深，好沉，好长——

我端坐在屋内，一切枯索了的思维沦落为苍白，走过
岁月的足迹无法筑砌今夜的帷幕

噩耗传来，墨字却汇成黑色的残垣横流在中国九百六
十多万平方公里的疆土上

夜并不灿烂，沉寂的物象在找到了一片栖息的净土
后，我在这里仰望苍宇。一种心灵的感召和心灵的悲
痛，畅述着历史的沧桑与无奈

（二）

夜，窗外游离着黑色和白色，此时此刻，黑与白已成
为九州这块辽阔疆土上的主流

或许，这是神州祖国大地的两行清泪：

一行是黄河深沉哀思的浊泪

一行是长江激扬悲壮的热泪

（三）

高风叩动我沉寂的心灵，压抑在内心深处的感悟，一时倾泻如洪

在深沉的夜，我黑色的眼珠在辗转……徘徊着您曾艰难走过的荆途

我两串暗蓝的珍珠，折射着几十亿串暗蓝的珍珠

一串是波澜壮阔的革命生涯

一串是力挽狂澜的伟大创力

（四）

夜好深，好沉，好长——

屋外轻游的黑云和白云，轻吟着一种悲壮的声响，在十几亿人民耳际低荡回旋

清风渐渐地，袭过窗棂，拉住我的衣角，循着黑色的笔端，吻过洁白的纸张

我，加紧握住湿润的笔杆，流露着一种悲壮，一种哀思，一种期冀，一种伟力，一种精神……

一种精神如同太阳的颜色，如同耀眼夺目的赤光

（五）

夜好静寂，停靠在太阳的肩膀上——好累。叹息着一个悲剧，痛楚着一种长逝，缅怀着一种风采

深沉的夜流泻着青藏高原的赤光，左右江的红光

深沉的夜导演着一部近一世纪的戏剧

深沉的夜道述着三个春天的故事，与民族的命运和发展深深联系在一起的故事

（六）

香江——潮水含悲！

到那块伤痕累累的土地上，自己的土地上走一走，看
一看，即使坐着轮椅，即使只一秒，也要去走一走，
看一看，到自己的土地上

我铭记着您终生的愿望

香江，流淌了几千年的江水，依旧清醑，因她们源自
一块净土，江水滋润着百多载的土壤，逐渐抚平历史
的重伤，冲淡百余春秋的奇耻大辱

（七）

夜好深，好沉，好长——

我感应到周围很潮湿，眼前的意象颤抖起来，一切都
很模糊

您撒手离开我们，匆匆地与我们永别了——

然而，您永远活在我们的心中

然而，一种精神深深地感召着十几亿人民

然而，一种风范深深地凝聚着十几亿人民

然而，一种思想指明了十几亿人民的方向

（八）

夜有点零碎了

远处深山一阵呜咽，震撼着深沉的夜，几乎破烂了的
夜在我们面前也含悲

一种理性告诫着我们，清醒了我们。 我们要站立在一
块巨大的基石上。 叮嘱21世纪的曙光

这条路即使漫长也要继续走下去，一代一代地走下去，直到永远——

（九）
巨星陨落，九州同悲。 然而精神永存，亮节犹在
告别了，这个深沉的夜，我摸索着一条深幽的山径，
在山坡上洒下一把把悟彻的心泪
我的灵魂在这深沉的夜开始飞翔，凝神百载沧桑
我化成一滴滴甘露，滋长疆城上，沙漠中一棵小草
眼前的一切意象，逐渐地清晰起来了……

你的就不一样

1996. 9. 10

同是一顶帽子
你的就不一样
多了一个五角星

闪闪的五角星　闪烁星芒
发出万丈光芒　载着狂风暴雨

同是衣装
你的就不一样
千万种绿色
装着神州庄严

同是鞋子
你的就不一样
踏过千山万水
烙下深深脚印

同是胸膛
你的就不一样

容纳十余亿人
挡着枪林弹雨

你们以立正的姿势
顶着腥风血雨
支撑神州大地

六十多年来
你们以矫健的步伐踏出繁荣道路
在硝烟或者无硝烟的世界中
扮演和平使者
捍卫世界和平

我们　乃至世界人民永铭记
你们以钢铁的灵魂
换来人们安定的生存

我们不会遗忘你们的承诺——
捍卫世界和平
继续着——发扬着——
迈着更坚定的步伐

素　洁

1999.9.9

（一）

在春之原野

你的微笑凝聚成绵绵的蚕丝

在秋之园地

你的粉笔灰染白了一丛素洁的花朵

在温暖柔和的灯光辉映下

宽敞教室里

我看到你苍白的两鬓

（二）

我宁愿把你看成一片帆

在蓝色波涛起伏的书海

把船儿举向希望的彼岸

我就是那个迷茫的水手呵

是你——是你升起素洁的帆

把我从怒涛中挽回湾岸

在平静的湾岸

你的叮嘱犹如圣洁的慈母

在散发着淡淡墨香的世界里
我在感动中潸然泪下

（三）
我一直就这样默默地读你
你若明媚春光
你若夏日骄阳
你若秋夜桂香
你若寒冬傲梅
你若——你若——
你静若白莲出水
你动若杨柳扶风

虽然岁月的"雪花"纷飞
在你脸上降下几多风霜
但在那桃李盛开的季节
你依然是那朵素洁的白云

黄花浩气

——站在七十二烈士墓前

1998.4.16

庄严的墓碑
灿烂的黄花
接受各种不平静的目光
心的哀求
无法使七十二烈士复活

朝气蓬勃的黄花弯着腰
在阳光下
像一个个问号
历史的沉积昭示着时代
曾经碧血横流的黄花岗
流逝成为默默的黄花守候
将一切悲难塑成迷人的风景
守灵的黄花啊——
守着历史一段抗争与悲壮
万种深刻的反思和悼念
都无法令沉默的心安宁

凝结的尘土被轻轻击碎
随着黄花飞扬……

回归絮语

1997.7.1

几多流逝的沧桑
曾是橘子皮般发涩的岁月
刻画着深沉苦难的年轮

是的
昨宵那——
　　　书海涉滩　（是血写的羊皮书）
　　　校园寻思　（是先人留下的疑问）
那探索历史的深度和广度
在晶莹的泪水中
在滴下的血珠中
燃起簇簇的火炬

啊　历史
膨胀的年轮
怨恨与愤怒
装填上古战舰的炮膛
驱散低垂的鸦片战争的硝烟

等待着　深情地等待着
泪水浸出咸味的故事

一行行血的足印
在血色的黎明
幻成醒目的省略号
在窒息的氛围中凝神
时代的岔路口上

高擎着岁月洗礼过的五星红旗
崛起的年代
伤痕在结痂
时代的主题
与宇宙对望
1997 年的钟声
在二十世纪的神经末梢上回荡
九百六十多万平方公里的净土
十几亿的心
穿越关山　渡过香江的河畔
守望着岁月的回音
守望着久违了的您
——祖国丢失了的儿子

江水悠悠
包容着咱们的期待
祖国的夙愿

归来吧　香江
让我们净洁的血液
洗涤你曾是屈辱的伤创
洗涤你沉积百年的尘埃
归来吧　香江

儒雅的微笑

——纪念周恩来总理百年诞辰

1998. 3. 5

不说离别

谁会相信　这是最后的微笑

沿着你儒雅的微笑的指向

穿过茅草覆盖的小路

越过冷雨敲打的涧溪

沿着你儒雅的微笑的指向

飘过岩石耸立的山梁

跨过冰霜沉寂的雪川

怀抱你那儒雅的微笑

忍不住痛在心头

胜利　在陕北等待着红军

不说别离

谁会相信　这是最后的微笑

梦里萦绕的仍是你的微笑

与长江长城　与黄山黄河

与中华神州大地同在
梦里萦绕的仍是你的微笑
去江南塞北　去平川高原
去为灾区群众排忧解难

不说别离
谁会相信　这是最后的微笑

你那瘦削的双手越过封闭
握住美洲　握住欧洲
握住五洲四海的朋友的手
你那瘦削的双手令人记着
你的外交　你的艺术
你不露声色的儒雅风度

你那微笑　你那眼神
你那口才　你那手势
朋友　记住你那衷心的问候

你的一生只做了两件事——战争与和平
战争是折断臂膀的战争
和平是补缀衣衫的和平
你的微笑　始终是大地的春风
吹过山坡　草木盈芽
你的微笑　与江河大地同在
纵然百年　千年　万年……

五月·中国人

1999.5.8

（一）

五月是鲜花盛开的季节

然而

当五月刚刚到来的时候

当我正沉醉在幸福的甜美与和平的酣梦中的时候

那从不同角度击中了我驻南大使馆的五枚战斧式巡航导弹

爆炸的剧烈声响——将我们惊醒

让我清楚地看到了

黑色的夜幕里一片片火花冲天

大使馆是一个国家领土主权的象征

轰炸大使馆

也就是对一个国家的赤裸裸攻击

它们手上沾满了中国人的鲜血啊

（二）

屠杀啊，屠杀

世界上出现了这一恶霸

它面带微笑，内藏奸诈

它满嘴的人权人道，干的是强盗生涯

它说制裁谁就制裁谁； 它说轰炸谁就轰炸谁

不管哪国的事似乎都是它的事

如今

它又骑上南斯拉夫人民的脖子肆意地拉撒

每天都在那里狂轰滥炸

一片片肥沃的土地变成了焦土

一栋栋美丽的建筑变成了废墟

那里夜夜火光冲天

数千名无辜者在轰炸中死亡

数十万人无家可归

英雄的人民在呐喊挣扎

呵——这是谁造成的灾难？

（三）

邵云环——像东北的高粱

朴朴实实的，大山般的筋骨和松树般的风格

许杏虎——正直的品质

非凡的勇敢，勤奋踏实，出色出彩

朱颖——热爱生活，热爱生命

清纯开朗，漂亮贤惠，才华横溢

一个，两个，三个——

这些生动的名字消亡了

我们一定要记住这些名字

是如何被抹杀的

是被谁抹杀的

我们要告诉那沾满中国人鲜血的刀
和所有死去的亡灵一样
我们也有这样的名字
一个愿意为之去生、去爱、去死的名字
中国人，这是它永远都抹杀不了的名字

（四）
这些名字有着挚爱着他们的父母
这些名字有着对对方不离不舍、如酒如诗的爱
这些名字有着他们可以追求一生的事业
这些名字有着对未来无比美好的憧憬
这些名字还拥有着让人目眩的青春
这些名字他们的生命刚刚扬起风帆
这些名字的爱情和事业才刚刚开始
这些名字亲情、友情、爱情使他们的生命是如此的充
溢、善良、正直
这些美好的品质使他们的生活充满阳光
这些名字都在灿烂地笑着，在他们的眼里有什么是可
以惧怕的呢
这些名字为了更多人的幸福，抛弃了自己的安宁
这些名字为了全人类的和平，痛苦地面对战争
这些名字在争议与邪恶中拼搏
在生与死的严峻考验面前
在战火中履行了神圣的使命

（五）

那一天，祖国的清风格外和暖

祖国的鲜花分外芳香

那一天，经历血与火的洗礼

他们从硝烟弥漫的战场归来

感受生与死的考验

他们回到了祖国母亲的怀抱

那一天，国旗低垂，举国肃穆

深切缅怀为国捐躯的三位共和国的优秀儿女

那一天，血写历史，泪祭英杰

将记载下以美国为首的北约的野蛮暴行

那一天，卧薪尝胆，华夏铸剑

中国人民将化悲痛为力量

团结一致，同仇敌忾，振兴中华

英雄儿女逝去

长歌无尽当哭

泪水——强忍吞下

愤怒——化为力量

（六）

生死关头，先人后己

生死之中

中国人勇敢面对死神

誓死捍卫祖国利益

中国人的五四革命精神得到升华

如今

中国驻南大使馆只剩下一个残破的框架

但庄严的五星红旗

依然在大使馆的废墟中高高飘扬

鲜艳的五星红旗

依然在萨瓦河畔高高飘扬

一个、两个、三个

1999.5.8

一个、两个、三个……
就这样被导弹夺走

他们选择了乌云卷走蓝天的贝市
以朴实的心灵点燃生命的热情
他们选择了霸权轰炸主权的战场
以真实的言辞直击强盗的暴行

他们只用正义结晶、过滤的文字
诠释正直的品格和非凡的勇敢
呼唤进入二十一世纪的和平

一个、两个、三个……
就这样被导弹夺走

他们默默伸张着战火废墟中的正义
静静地凝望一个个新鲜的断痕
他们默默痛斥着弹雨枪林中的邪恶
静静地抹平一道道亮白的伤口

黑暗引进深夜，月光逐渐沉重
轰炸兑现成一张张渗满鲜血的被单
平铺在他们的期待回家的路上

一个、两个、三个……
就这样被导弹夺走

中国人只用眼睛含着两行清泪
一行黄河的浊泪和一行长江的热泪
中国人将用生命捍卫两种文字
一种黄山的声明和一种长城的抗议

高举着岁月洗礼的五星红旗
一种如同太阳颜色的精神
依然引领着中国人从容地走进新时代

一个、两个、三个……
永远活在中国人心中

写在最后
1996.8.12

相聚三载
一树风雨已成诗
付出的所有
除了一抹灿烂的微笑
宛如一朵盛绽的黑玫瑰
什么也没有留下

若是相离
仅有的那点日子里
你是否会想起
曾经的风雨
和那些凌乱的诗
和那不太确定的远方

后　记

1

看着这些文字从一点一滴的只言片语，变成了这本沉甸厚实的《望仙桥处》，着实令人兴奋。将其结集成书、编辑出版，更是令人感慨颇多……

我一直认为，这里面的大部分写作都称不上是诗歌，更多的只是纯粹的文字记载，记载了二十多年前的一段岁月足迹和时光记忆。

无疑这只是属于我的记载，更准确地说是二十多年前的我。或许也只有我自己，才能读懂个中滋味。

所以，《望仙桥处》仅仅是年少的、孤独的、忧愁的我的一种生存状态，或者说，是一种彷徨的自我救赎。

2

我的高中母校是潮阳一中，前身为 1819 年创办的东山书院。创校至今，已有近二百年历史，历尽沧桑，几经迁徙，几易校名，为潮汕历史最悠久的名校之一。

潮阳一中坐落在棉城东山脚下，人文资源丰富，望仙桥、剑碑亭等文物古迹分布校内各处，有着厚重的文化底蕴。校园中广植凤凰树、木棉树，绿树成荫，鸟语花香，环境清幽，满园春色，堪称育才胜地。

望仙桥，是潮阳一中校园里的一座桥，是我高中学习的地方，是我开始诗歌写作的地方，更是我梦想开始的地方，也是我梦想的归属。

从望仙桥出发，廿四载栉风沐雨，蓦然回首，依然是望仙桥处。

因此，书名为《望仙桥处》。

3

在高中三年和大学四年这七年（1993 年 9 月—2000 年 7 月）求学时光里，我创作了 300 余首诗歌，《望仙桥处》收录了其中的 102 首。

作为一个高中理科生、大学工科生，写诗纯粹是个人业余爱好，在上课时写、在做练习题时写、在坐车时写……

创作也无定法，不学流派，不拘泥于规范，随心所欲，随兴而起，纯粹是把自己的所想、所思、所感、所悟真实地抒写出来，可谓随想、随感、随性。

4

有人说，九十年代上大学是最幸福的，没有八十年代学生在生活上的拮据，却有着八十年代学生的纯洁、浪漫与理想；没有 2000 年后大学生的潇洒，却像

"80后"一样开始渐渐张扬着个性，追寻着与众不同。大学也是幸福的，可以尽情地在象牙塔里憧憬着未来。

那是一个变幻莫测的世纪交汇点。

见证了香港回归、澳门回归，也目睹了南斯拉夫大使馆被炸；悲痛一代伟人邓小平逝世，也喜迎新世纪千禧跨年。在异常复杂和微妙的国际形势下，中华民族经历了苦苦挣扎和历练，从迷茫彷徨中走出。

那是一个高速发展的变革时期。

信息技术的发展给生活带来了许多惊喜，固定电话走入普通百姓家，BB机、大哥大的出现更让人们目不暇接。每个人的人生观都发生了前所未有的变化，每个人都经历过心灵最动荡、事物最新奇的时候。

那是一个盛产经典的美好年代。

校园里到处弥漫着"流行"的气息，港澳台里总有唱不完的经典。率真而激情的我们，时常会故作感伤唱起《同桌的你》，或者"更上层楼"以《涛声依旧》诉忧愁，高声吼出《一无所有》，畅想 Beyond 的"不羁放纵"；但更多的是挂念书信另一端的亲人和挚友，最后都告别在七月离别的车站。那是个热爱诗情画意的年代，那是个可以流露个性的年代，有那么多动人的歌声在那个年代被唱出，也有那么多真诚的旋律在那个年代被铭记。

5

随着大氛围的影响，校园诗歌所反映的内容也越来越丰富多样，除了花前月下的浪漫潇洒，也有心系家国、义愤填膺的爱国情怀。表现形式也越来越灵活多变，少了一些政治严肃，多了几许时代情趣；少了一些拘谨刻板，多了几分随心所欲。

那时候虽然没有现在移动互联网的快节奏，但以诗传情、以诗言志、以诗会友，喜欢"流窜"于各大校园的诗社，爱从徐志摩、汪国真的诗歌里获得精神上的"正能量"；也会在月色皎洁的夜晚或晚霞染红的黄昏，独自一人在林荫小道上或者三五成群聚在大排档里，大谈人生、友谊、理想。这一切都是别有一番情调的慢生活。

真可谓有诗有酒有情，青春好作伴……

6

青春的土壤中，只有记忆是潮湿的，因为浸泡了泪水、汗水，还有酒水。

二十多年前，我离开家乡走上了求学之路，满怀希望打点行装，意气风发走上了新的人生旅程。

转眼二十多年过去，《望仙桥处》里的人和事有的仍近在咫尺，有的却已天各一方。

无论如何，这一路的风景不仅定格在书卷墨韵里，更深深埋藏在心底。

7

《望仙桥处》的顺利出版，离不开众多人的关心、支持和帮助。

感谢高中的三位班主任：郑汉镇老师、李赛娥老师、许赋文老师对我的支持，当年不但没有反对我写诗歌，还大力支持，让我办起班报《青橄榄》、在报刊公开发表作品、参加诗歌创作大赛……特别是李赛娥老师，还专门将我的作品寄给郭大平师兄指导，让我受益良多。

感谢我的诗友陈远冠，他历时多年，一直鼓励我将这些作品整理出版，更是不辞辛苦，主动承担起这些作品的整理、遴选、编辑等工作。

感谢冯颖校友为本书专门绘画插图，为本书增色添彩。

感谢我的家人的默默支持和无私奉献。

8

谨以拙文，献给每一个触发我的灵感、激发我的笔端的具象的或抽象的人。

张育广

2017 年 9 月于谷围湖畔